OBJETS D'ART

TAPISSERIES LOUIS XIV

TABLEAUX

ANCIENS ET MODERNES

AYANT FAIT PARTIE

DE LA

Collection de feu M. H... M.*ofelman*

ET ARRIVANT DU CHATEAU D'A...

Me CHARLES OUDART | M. ÉMILE BARRE

COMMISSAIRE-PRISEUR | EXPERT

CATALOGUE

D'OBJETS D'ART

ET

D'AMEUBLEMENT

DES ÉPOQUES

LOUIS XIII, LOUIS XIV, LOUIS XV ET LOUIS XVI

MEUBLES, PORCELAINES, FAÏENCES

BUSTES ET STATUETTES EN MARBRE

BELLES TAPISSERIES ÉPOQUE LOUIS XIV

TABLEAUX

ANCIENS ET MODERNES

PARMI LESQUELS

16 TABLEAUX PAR ALFRED DE DREUX

Œuvres importantes de VAN GOYEN et SALOMON RUYSDAEL

AQUARELLES, DESSINS

AYANT FAIT PARTIE

*DE LA COLLECTION DE FEU M. H*** M****

Et arrivant du Château d'A...

DONT LA VENTE AURA LIEU

HOTEL DROUOT, GRANDE SALLE N° 1

Les Mardi 7 et Mercredi 8 Décembre 1875

A DEUX HEURES

<table>
<tr><td>COMMISSAIRE-PRISEUR</td><td>EXPERT</td></tr>
<tr><td>Me CHARLES OUDART
31, rue Le Peletier</td><td>M. ÉMILE BARRE
20, Chaussée-d'Antin</td></tr>
</table>

Chez lesquels se trouve le présent Catalogue

EXPOSITIONS

<table>
<tr><td>PARTICULIÈRE</td><td>PUBLIQUE</td></tr>
<tr><td>Le Dimanche 5 Décembre 1875
DE 2 HEURES A 5 HEURES</td><td>Le Lundi 6 Décembre 1875
DE 1 HEURE 1/2 A 5 HEURES 1/2</td></tr>
</table>

J'ai l'honneur de saluer Monsieur
Adam et l'espoir d'avoir la
bonté de me faire marquer sur
mon catalogue les Prix réels de
la Collection, longtemps
...ue par des lettres.

A. C. Lucreau

CONDITIONS DE LA VENTE

Elle sera faite au comptant.

Les acquéreurs payeront *cinq centimes par franc* en sus des enchères, applicables aux frais.

L'Exposition mettant les Adjudicataires à même de se rendre compte de l'état et de la nature des objets, il ne sera admis aucune réclamation une fois l'adjudication prononcée.

AVIS

La Vente des Livres provenant de la même collection aura lieu à l'Hôtel Drouot, salle n° 9, le samedi 11 décembre.

La Promenade dans le parc, 540 fr.; *Pendant du précédent*, 540 fr.; *Trompette de dragons*, 620 fr.; *Cheval à l'écurie*, 600 fr.; *Cheval noir au repos et chien*, 1.050 fr.; *Cheval au dressage*, 900 fr.; *Avant la course*, 2.000 fr.; *Après la course*, 2.000 fr.; *Cheval de selle au repos*, 630 fr.; *Une course à Chantilly*, 1.520 fr.; *Une Chasse à Chantilly*, 620 fr.

Dans cette même vente on a remarqué : *la Ménagère*, par Bonvin, 700 fr.; *Cheval blanc*, étude, par Meissonier, 1.500 fr.; *le Coucher des lingères*, gouache par Lawrence, 1.640 fr.; *le Lever*, gouache, par le même, 1.640 fr.; *Vue de l'ancienne ville de Dordrecht*, par van Goyen, 3.000 fr.; *l'Abreuvoir*, par Salomon Ruysdaël, 2.000 fr.; *Port de mer italien*, par Weenix, 830 fr., etc.

—

OBJETS D'ART

DÉSIGNATION

MEUBLES

OBJETS D'AMEUBLEMENT

1. — Grand et beau Bureau à cylindre, en acajou orné de bronze doré, époque *Louis XVI*.

2. — Autre grand Bureau à cylindre, de même travail et même époque.

3. — Grande Table-Bureau, en bois de rose orné de bronze doré, époque *Louis XV*.

4. — Petit Bureau *Louis XVI*, en bois de rose, à étagères, orné de bronze.

5. — Très-belle Commode *Louis XIV*, en bois des îles, dessin à marqueterie avec riche garniture en bronze doré.

6. — Très-joli Secrétaire *Louis XVI*, en bois de rose avec marqueterie de fleurs et de fruits.

7. — Deux jolies Encoignures, en bois de rose, avec marqueterie de fleurs en bois de violette, ornées de
bronze doré, époque *Louis XV.*

8. — Petite Bibliothèque-vitrine en marqueterie de bois;
époque *Louis XIII.*

9. — Bureau plat en bois noir, orné de bronze; époque
Louis XIV.

10. — Petite Table *Louis XVI*, acajou orné de bronze, avec
tablette en marbre.

11. — Petite Commode *Louis XV*, bois de rose et de cour-
baril, ornée de bronze.

12. — Beau Meuble-crédence avec cariatides de figures
et ornements à jour; les panneaux sont ornés de
figures allégoriques et d'armoiries; travail de marqueterie de bois du xviiᵉ siècle.

13. — Grande et belle Armoire en noyer sculpté, avec médaillons de figures et ornementation en haut-relief,
travail de la fin du xviiᵉ siècle.

14. — Joli Meuble à colonnettes torses, orné de masca-
róns et d'animaux chimériques en bois sculpté,
travail de la fin du xviᵉ siècle.

15. — Dessus de Meuble, à colonnettes torses finement
sculptées.

16. — Petit Secrétaire *Louis XVI*, acajou orné de bronze.

17. — Table d'encoignure *Louis XVI*, en marqueterie de bois.

18. — Table à jeu, de même travail et même époque que la précédente.

19. — Grand Bureau plat *Louis XVI*, en bois de rose, orné de bronze doré.

20. — Petite Table à volets *Louis XVI*, en marqueterie de bois de couleur.

21. — Commode *Louis XVI*, en frise à jour, en bronze doré.

22. — Grande et belle Armoire *Louis XIII*, en noyer sculpté, ornée de mascarons.

23. — Meuble-cabinet italien, à deux vantaux, en ébène et ivoire gravé, à figures, avec tiroirs à l'intérieur; travail du xvi⁰ siècle.

24. — Bureau en acajou, orné de bronze doré.

25. — Deux petites Tables servantes, en acajou.

26. — Autre Table servante.

27. — Petit Secrétaire à hauteur d'appui, en bois de rose, avec ornements en bronze doré, et dessus de marbre en brèche d'Alep.

28. — Beau Régulateur de Lemire en bois de rose, orné
de bronze doré, époque *Louis XVI*.

29. — Belle Glace *Louis XIII*, avec ornements en bronze
repoussé.

30. — Très-beau Régulateur *Louis XV*, en bois de rose et de
violette, richement orné de bronze.

31. — Grand et beau Chiffonnier, époque *Louis XVI*, orné
de bronze doré.

32. — Très-belle Commode *Louis XIV*, en bois de rose et
bois de violette, ornée de bronze et avec dessus de
marbre rouge veiné de blanc.

33. — Meuble d'entre-deux, en chêne sculpté, époque
Louis XIII.

34. — Autre Meuble de même époque.

35. — Belle Console en bois sculpté et doré à dessus de
marbre, époque *Louis XVI*.

36. — Fauteuil *Louis XIII*, sculpté, recouvert en velours.

37. — Encoignure en bois de rose, marquetée à fleurs, avec
dessus de marbre, brèche d'Alep.

38. — Glace *Louis XVI*, en bois sculpté et doré, orné de
guirlandes de fleurs.

39. — Six Fauteuils *Louis XIV*, en chêne sculpté, recouverts
en tapisserie de soie.

40. — Baromètre bois sculpté et doré, époque *Louis XVI*.

41. — Petit Cabinet à bijoux en ébène et bronze doré, travail italien, époque *Louis XIII*.

42. — Coffret en ancien laque burgauté.

43. — Coffret en marqueterie de Boule, époque *Louis XIV*.

BRONZES

44. — Belle Pendule *Louis XIV* en écaille de l'Inde, à colonnettes plates et bas-relief à jour.

45. — Pendule *Louis XIV*, en marqueterie de Boule et
bronze doré.

46. — Très-belle Pendule de même travail et même époque,
avec socle orné d'une chimère et le haut d'une *Léda*,
en bronze doré.

47. — Grand et beau Cartel *Louis XV*, en bronze doré, orné
de guirlande de fleurs.

48. — Petite Pendule *Louis XVI*, avec bas-relief en bronze
doré.

49. — Deux grands Candélabres à douze lumières, en bronze
doré, formés par des enfants grandeur nature, style
Louis XIV.

50. — Très-belle Pendule d'applique avec socle en bronze
doré, époque *Louis XV*.

51. — Belle paire d'Appliques à deux lumières en b.onze
doré, époque *Louis XV*.

52. — Autre belle paire d'Appliques en bronze doré, style
Louis XVI.

53. — Candélabre à quatre lumières, *Louis XVI*, en bronze
doré.

54. — Trois Appliques en bronze, formées chacune par trois
cors de chasse.

55. — Jolie Pendule *Louis XVI*, marbre blanc et bronze doré
d'une riche ornementation.

56. — Deux petits Flambeaux, même époque.

57. — Beau Cartel *Louis XVI* à guirlandes et lauriers et
têtes de béliers en bronze doré.

58. — Deux petits Flambeaux *Louis XVI*, en bronze doré.

59. — Deux Candélabres à trois lumières, époque *Louis XVI*,
en bronze argenté.

60. — Deux Girandoles à trois lumières, bronze doré, époque *Louis XV*.

61. — Jolie Pendule *Louis XVI*, Vénus et l'Amour, ornée de
guirlandes de fleurs, en bronze doré.

62. — Très-belle paire de Feux *Louis XVI*, en bronze doré,
à vases et guirlandes.

63. — Deux Appliques *Louis XVI*, bronze doré, avec décor
de fruits.

64. — Très-jolie Pendule avec statuette d'Amour en bronze
noir, tenant le mouvement, socle en griotte d'Ita-
lie enrichi de fleurs en bronze doré.

65. — Deux Candélabres en bronze doré, style *Louis XIV*, formés par des enfants tenant cinq lumières et ornés de fleurs de lys.

66. — Deux Statuettes en bronze formant pendant : le Marchand de gibier et la Marchande de volaille.

67. — Autre bronze : le Vieux Mendiant.

68. — Deux petits Bronzes, presse-papier, formés par des figures d'enfants.

69. — Autre petits Groupes en bronze (Enfants jouant).

70. — Deux Taureaux en bronze italien, xvie siècle.

71. — Horloge italienne *Renaissance*, à clocheton en bronze doré.

72. — Deux beaux Cornets japonais à anses formées par des chimères en bronze niellé et pointillé argent.

73. — Grand Buste de Christ en bronze.

PORCELAINES ET FAÏENCES

74. — Deux grands Plats en vieux japon, décor polychrome.

75. — Autre grand et beau Plat de même fabrique posé sur
un socle à pieds tournés.

76. — Deux autres Plats également en japon.

77. — Vase en porcelaine de Sèvres dure, décors de figures
et d'ornements.

78. — Pot et sa Cuvette en porcelaine à la reine décorés de
bouquets de fleurs avec ancienne monture.

79. — Grand Plat, décor bleu, en ancienne faïence de Rouen.

80. — Deux Figurines en vieux japon.

81. — Deux autres Groupes également en japon, scènes de
lutteurs.

82. — Broc en vieille faïence de Delft, décor bleu.

83. — Deux Potiches avec leurs couvercles en vieux japon,
décor rouge et bleu.

84. — Grande et belle Plaque en ancienne faïence de Delft,
camaïeu bleu représentant un paysage de la Hol-
lande avec figures et animaux.

85. — Deux Bols en japon, décor rouge et bleu.

86. — Deux Coupes sur piédouche en porcelaine de Siam, avec émail en relief.

87. — Petit Seau en vieux rouen.

88. — Plat de même fabrique.

89. — Deux beaux et grands Bols en vieux chine à mandarins.

90. — Très-beau Plat, vieux chine, décor polychrome.

91. — Deux Corbeilles en porcelaine de l'Inde.

92. — Trois petites Potiches à figures de mandarins.

93. — Bol et son Plateau en vieux saxe à figures.

94. — Écuelle et son Plateau en vieux japon; décor bleu, rouge et or.

95. — Belle Soupière en ancienne faïence de Rouen.

96. — Deux Jardinières en ancienne faïence de Strasbourg.

97. — Pot avec décors à jours en vieux delf.

98. — Encrier en vieille porcelaine de Chine monté en bronze doré.

99. — Groupe d'animaux, ancienne porcelaine de Saxe.

100. — Deux Statuettes formant flambeau, en porcelaine anglaise.

101. — Deux petits Pots cylindriques en vieux chine,
famille verte.

102. — Pot et sa cuvette en ancienne porcelaine de Chine.

103. — Trois petites Statuettes en biscuit.

104. — Deux jolies Statuettes d'enfants en biscuit, représentant l'Étude et la Lecture.

105. — Divers Statuettes et Groupes en vieux saxe.

MARBRES, OBJETS DIVERS

106. — Très-beau Groupe en marbre antique : Hercule terrassant le lion de Némée.

107. — Autre Statuette de même travail : Enfant à la colombe.

108. — Charmant Buste d'enfant en marbre blanc, époque *Louis XVI*.

109. — Autre Buste de jeune fille , également en marbre blanc, époque *Louis XVI*.

110. — Très-beau Socle *Louis XVI*, garni de bronze doré et à draperies.

111. — Beau Vidercome en argent doré, orné de médailles, époque *Louis XIII*.

112. — Bel Huilier en argent, époque *Louis XVI*.

113. — Pot en ancien grès de Flandre.

114. — Deux Flambeaux en ancien émail de Saxe, époque *Louis XV*.

115. — Quatre petits Bas-reliefs, représentant les différents âges et signés de Neuberger.

116 — Lanterne *Louis XIV* en fer repoussé et doré.

117. — Deux petites Buires peintes par Lessore.

118. — Tableau en soie brodée, représentant la Sainte-Famille, d'après Rubens.

TAPISSERIES

119. — Très-belle et grande Tapisserie de Beauvais, époque *Louis XIV*, représentant le triomphe de Bacchus, avec riche brodure de fleurs et fruits et médaillons de figures.

120. — Autres Tapisserie de même époque, représentant l'intérieur d'un parc avec personnages.

121. — Portière en Tapisserie des Gobelins, sujet mythologique.

122. — Belle Tapisserie époque *Louis XIV*, avec riche brodure, sujet tiré de l'Histoire ancienne.

TABLEAUX

TABLEAUX ANCIENS

VAN GOYEN (*Signé et daté 1646*)

123. — Vue de l'ancienne ville de Dortrecht.

Au premier plan, des animaux au pâturage et un attelage
avec divers personnages traversant en bac une rivière où des
pêcheurs jettent leurs filets. — Au second plan, au bord de
l'eau, on aperçoit la cathédrale et le château, et une partie de la
ville entourée de fortifications; à l'horizon, un grand nombre de
barques de pêche.

Composition capitale de ce maître.

SALOMON RUYSDAEL (*Signé*)

124. — L'abreuvoir.

A l'entrée d'un bois que borde un cours d'eau, un troupeau
d'animaux est occupé à se désaltérer.

Cette œuvre importante est de la première manière de
l'artiste.

WEENIX (J.-B. *Signé*)

125. — Port de mer italien.

Au premier plan, une jeune fille est occupée à traire une
chèvre, et divers animaux sont au repos. Plus loin, au bord de
la mer, un temple et des monuments en ruines.

VAN DER MEULEN

126. — Portrait équestre de Louis XIV, grandeur nature.

Dans le lointain on aperçoit une marche d'armée.

VAN HÉDA

127. — Nature morte.

Sur une table, couverte en partie d'une nappe, se trouvent un pâté, un plat d'argent avec un citron et divers accessoires d'orfévrerie

COYPEL (CH.)

128. — L'enfance de Bacchus.

WATTEAU

129. — La conversation galante.

MIGNARD

130. — Portrait de dame en riche costume de l'époque de *Louis XIV*.

SCHALL

131. — Dame en costume *Louis XVI*, assise près d'une
table.

GUARDI

132. — Une fête sur le grand canal, à Venise.

DEKKER (C.)

133. — Chaumière à l'entrée d'un bois avec cours d'eau et
barque de pêche.

ÉCOLE HOLLANDAISE

134. — Scène de patineurs.

ÉCOLE FRANÇAISE

135. — Intérieur d'artiste musicien.

ÉCOLE FRANÇAISE

136. — Portrait de dame.

ÉCOLE ITALIENNE

137. — Paysage ; effet de neige.

ÉCOLE ITALIENNE

138. — Paysage avec cours d'eau et figure.

TABLEAUX MODERNES

DREUX (A. DE)

139. — La Promenade dans le parc.

DREUX (A. DE)

140. — Pendant du précédent.

DREUX (A. DE)

141. — Trompette de dragons.

DREUX (A. DE)

142. — Cheval à l'écurie.

DREUX (A. DE)

143. — Cheval noir au repos et Chien.

DREUX (A. DE)

144. — Cheval au dressage.

DREUX (A. DE

145. — Cheval d'attelage.

DREUX (A. DE)

146. — Avant la course.

DREUX (A. DE)

147. — Après la course.

DREUX (A. DE)

148. — Cheval de selle au repos.

DREUX (A. DE)

149. — Le Retour de la promenade ; effet d'orage.

DREUX (A. DE)

150. — Une Course à Chantilly.

DREUX (A. DE)

151. — Une Chasse à Chantilly.

DREUX (A. DE)

152. — Cheval au pâturage.

DREUX (A. DE)

153. — Cheval attelé.

DREUX (A. DE)

154. — Cheval au repos (pendant du précédent).

DREUX DORCY

155. — Tête de jeune fille.

DREUX DORCY

156. — Buste de jeune fille.

DECAMPS

157. — La Surprise.

BALLUE

158. — Bouquet de fleurs.

BONINGTON

159. — Marine (étude).

BONVIN

160. — Intérieur d'appartement.

BONVIN

161. — La Ménagère.

BONVIN

162. — La Promenade.

BONVIN

163. — Environs de Verberie (Oise).

HOGUET

164. — Vue de Suisse.

CHARLET

165. — Animaux aux pâturage.

DUPRÉ (Victor)

166. — Animaux au pâturage,

GÉRICAULT (Th.)

167. — Cuirassier tenant deux chevaux en main.

GÉRICAULT (Th.)

168. — Cheval de trait au repos ; un jeune garçon lui donne
l'avoine.

GÉRICAULT (Th.)

169. — Cheval à l'écurie.

MIDY (A.)

170. — Le Retour de la pêche.

MEISONNIER

171. — Cheval blanc ; étude.

ISABEY (E.)

172. — La Promenade dans le parc.

MOREL FATIO

173. — Marine.

HILDEBRANDT

174. — Port de mer avec barques de pêche et figures.

PERROT F.)

175. — Port de mer italien

GUDIN (Th.)

176. — Marine, effet de soleil couchant.

DESSINS ET AQUARELLES

DREUX (A. DE)

177. — La Promenade du matin ; aquarelle.

DREUX (A. DE)

178. — Pendant du précédent ; aquarelle.

DREUX (A. DE)

179. — Le Dressage ; dessin rehaussé.

DREUX (A. DE)

180. — Steeples-chases.

Deux aquarelles formant pendant.

DREUX (A. DE)

181. — Grec à cheval ; aquarelle.

DREUX (A. DE)

182. — Accessoires d'écurie ; aquarelle.

CHARLET

183. — Scène de cabaret ; mine de plomb.

PILS

184. — La Lecture interrompue ; dessin rehaussé.

PROTAIS

185. — Le Zouave prêcheur ; dessin à la mine de plomb.

MICHALOWSKI

186. — La Diligence ; aquarelle.

VOLMAR

187. — Intérieur d'écurie ; aquarelle.

**

ÉCOLE MODERNE

488. — Le relais de poste ; aquarelle.

ÉCOLE MODERNE

489. — Intérieur de salon, orné d'objets d'art ; aquarelle.

DESSINS ANCIENS

LAWREINCE *(Signé et daté 1783)*

490. — Le Coucher des Lingères ; gouache.

LAWREINCE *(Signé et daté 1783)*

491. — Le Lever ; gouache.

CHARLIER

492. — Les appas multipliés ; gouache.

DEBUCOURT

493. — Les Visites ; dessin à la plume et aquarelle.

C. VERNET

194. — Le Rempailleur de chaises ; dessin à la plume et
à l'aquarelle.

ÉCOLE HOLLANDAISE

195. — Le Déjeuner du Baby ; dessin au pastel.

ÉCOLE HOLLANDAISE

196. — Pendant du précédent ; dessin au pastel.

PARIS. — J. CLAYE, IMPRIMEUR, 7, RUE SAINT-BENOIT. — [2075]